천년의 시 0094

섬광으로 지은 집

천년의시 0094

섬광으로 지은 집

1판 1쇄 펴낸날 2019년 1월 28일
지은이 이정임
펴낸이 이재무
책임편집 박은정
편집디자인 민성돈, 장덕진
펴낸곳 (주)천년의시작
등록번호 제301-2012-033호
등록일자 2006년 1월 10일
주소 (03132) 서울시 종로구 삼일대로32길 36 운현신화타워 502호
전화 02-723-8668
팩스 02-723-8630
홈페이지 www.poempoem.com
이메일 poemsijak@hanmail.net

이정임ⓒ, 2019, printed in Seoul, Korea

ISBN 978-89-6021-415-6
       978-89-6021-105-6 04810(세트)

값 9,000원

섬광으로 지은 집

이 정 임 시 집

천년의
시작

시인의 말

아파트 단지 뒤로 걸어가면
종일 그늘에 사는
담쟁이넝쿨을 만나게 된다

잎새에 가린 뼈
할 말 없는 뼈
다 놓치고 다 통과시켜 주는 넝쿨들을
굳이 뼈라고 우기는 것

그 가운데 몇 편을 주워 모아
졸작을 만들었다
부끄럽다

차 례

시인의 말

한낮 ——— 11

서서만 보았네 ——— 12

섬광으로 지은 집 ——— 13

유체이탈 ——— 14

귀가 ——— 16

벽 속의 길 ——— 18

미루나무는 겨울을 품고 산다 ——— 19

메피스토펠레스의 입김 ——— 20

능소화 ——— 21

능선과 코스모스 ——— 22

가보지 못한 곳 ——— 23

아기 눈 속으로 ——— 24

귀가 ——— 26

느티나무-길 ——— 27

빗소리 ——— 28

혼밥 ——— 30

뻐끔거리네 ——— 31

꽃 지다 ——— 32

겨울 산 ——— 34

비린내 아버지 ——— 36

날개가 있다 ——— 37

크리스마스트리 ——— 38

단풍 ——— 39

폭설 ——— 40

그 방에 들지 못하고 ——— 42

흐린 날 탄천을 지나다 ——— 43

단단히 ——— 44

잔설 ——— 45

단풍나무 ——— 46

백일홍 ——— 47

만리장성 ——— 48

밤새가 우는 것 ——— 49

그럴 리야 있겠습니까마는 ——— 50

초등 동창회 ——— 52

터널을 빠져나가다 ——— 54

기억들 ——— 56

달 ——— 57

휘황한 임종 ——— 58

겨울 오리와 그림자 ——— 60

밤새가 울다 ——— 62

저녁 들판 ——— 63

잡념 ——— 64

하늘의 끝 ——— 66

붉나무 ——— 68

물고기 암호 ——— 69

늙는다 ——— 70

한솔미술관 ——— 71

노을과 저수지 ——— 72

낙엽 칼 ——— 73

그때 햇살은 ——— 74

밤에 보이는 길 ——— 76

오색 단풍 ——— 77

와우정사 ——— 78

수북한 거짓말 ——— 79

이름 부르기 ——— 80

촛불 ——— 82

은행나무 늑대 ——— 84

장작개비들 ——— 86

예사롭다 ——— 87

아파트 북쪽 ——— 88

공터 ——— 90

해 설

박성현 '바라봄'의 내적 깊이 혹은 빗방울처럼 온순하게 스미는 ——— 91

한낮

분홍 양말이 횡단로를 건너간다
무릎까지 올려 신고
하얀 선을 음표인 양 오르내리며 간다
아파트 정적에 찔린 시범 마을 하늘이
아무 생각 못 하는 사이
허리 굽은 분홍 나비 땡볕 속 뚫고 간다
하얗게 센 시간 머리에 이고
누가 흘리고 간 길을 춤추며 따라간다
길 끝에서 끝까지 왔다가 가고 갔다가 온다
철책선 눈 속에 빠져 죽은
육군 소위 막내아들 손을 잡고
이십 년 전 길을 날마다 가고 또 간다

할머니가 선명한 길을 내며 공원으로 들어간다
중앙공원 깊은 잠이 가늘게 갈라진다
길을 놓친 햇빛 한 가닥 파닥인다

서서만 보았네

서쪽으로 내려앉는 해를 보며
벌판으로 내달렸네
그 사이 석양이 먼저 와있었네

자운영꽃 뒤덮은 밭이 나를 가득 차올라
내 허파로 불룩불룩 숨 쉬고 있었네
어지러운 나는
그냥 서서만 있었네

어쩌다 열네 살 그 벌판에 섰네
해진 보랏빛 그림 한 장 꺼내 들고
밤하늘 뒤로 숨어버린 별을 생각하네
그때나 지금이나 서쪽을 보고 있네

어둠의 등 뒤로 돌아가기 전
들불처럼 번지는 자운영꽃 타고
다 삭은 말뚝 하나 환하게 귀향하네
곧 무너져 내릴 설렘에
붉은 숨을 고르네

섬광으로 지은 집

흙먼지에 날려 가는 휴지 조각
빈 가지에 떨고 있는 벌레집
다시 만날 수 있을까
내 머리에는 섬광으로 지어진 수많은 내가 있다
아버지의 품에서 들은 닭 우는 소리
처마 밖으로 다리를 내밀고 까르륵까르륵 맞아본 빗줄기
바람에 날려 갈까 내 아이들을 끌어안고
소용돌이친 일들이 고요 속에 촘촘히 박혀 있다

도플갱어 같은 한 그림과 또 한 그림을 포개본다
미세하게 어긋난 각도가 서로 머리를 들이받으며
주르륵 흘러내린다
'나는 나야.'
아픈 결심 같은 푸른 그것들
비석에 새겨진 이름 같아

화강암 차가운 몸으로 서있는 사람
한 조각 한 조각 내 바깥을 쪼아
불똥으로 지은 집 섬광의 틈 속에
둥글게 나를 껴안고
누가 거기에 있는가

유체이탈

흰 가운의 남자가 시키는 대로
공복의 몸을 긴 판 위에 눕혔다
관이 미끄러지듯 화구火口로 들어간다
"숨 쉬세요…… 숨 참으세요……"
낯선 두려움을 들이마시고
오물 속 물고기들을 뿜어낸다
죽은 것들이 태반이다
아가미들이 어둠 속에서 떨어지는 말을
뻐끔뻐끔 삼키고 있다

기계 소리가 철컥철컥 돌아가는 동안
지상과 우주 공간이 몇 번이나 바뀌고 있는지
내가 관통하는 검은 공간의 두려운 기하학
떠다니는 떨림 하나

아침에 벗어던지고 온 널브러진 옷들
서로를 걸쳐있는 허기가 눈시울에 젖어든다
밀명이 새겨진 몸 안으로 누군가 나를 밀어 던진다
"이정임 씨, 끝났습니다."
불빛이 뒷머리를 때린다

벗은 옷을 꼬옥 안았다
다시 꿰어 입는다

귀가

포장마차 젖은 불빛을 움켜쥔다
입술을 할퀴는 닭발을 내려놓고 밖으로 나왔다
내 빈자리가 집에서 나를 부르고 있다
길을 건너야 한다

번들거리는 길 위에 차의 브레이크등이
집시의 핏빛 치마폭을 활짝 펼쳤다가
황망히 달아난다
정적이 정적을 데리고 사라진다

나를 싸매고 있는 곳에
'영희야, 바둑아……'
폐교 마루에 울리는 이명耳鳴이 있다
내 짝을 잡아먹은 강물에
떠내려간 국어 시간이 있다
강물과 이명이 살 섞고 살아온 그림이 있다
어쩌다 깨질 듯 아픈 자리 부딪히면 이명은
사자처럼 갈기를 흔들며 울었다

신호등이 켜지자

한 노숙자가 휘적휘적 길을 건너간다

길 건너 두고 온 그림을 자꾸 돌아다본다

벽 속의 길

어깨 쑤시는 오후
돌아눕는 벽이 퍼렇다
뻗어간 무늬 가지 친 길들
벽 밖으로 나간 안 보이는 길들
만져보는 한 귀퉁이에서
대숲 소리가 묻어난다

어릴 적 할머니와 살던 집
뒤꼍 대숲 아래 장독대에서
앵두 언니가 손톱에 싸매 준 봉숭아 꽃물
궂은 날은 코를 하늘로 쳐든 처마가 자꾸 기울어졌다
대 바람 소리가 뺨을 쓸고 가면 나는 금세 잠들었다
내 숨소리는 대숲으로 퍼렇게 물들어 갔다

벽 밖으로 나간 안 보이는 길을 따라간다
유년의 내가 할머니 등에 업혀 코를 묻고 간다
할머니 등이 퍼렇다
막아선 벽 앞에서
할머니의 어깨가 내 어깨에서 쑤신다

미루나무는 겨울을 품고 산다

가는 등뼈 사이로 초봄 햇살이 지나간다
소녀는 북쪽만 보고 있다
눈 감은 듯 뜬 듯
바이칼 호수쯤 지나고 있을 거라고
그를 생각하는지 모르겠다

그는 꽁꽁 언 화살을 벼리어 쏘고는
홰를 치며 너럭바위 하늘 쪽으로 사라졌다
살 깊숙이 푸른 독이 녹아내린다
피가 터지도록 가려움을 긁었다
금기의 단맛이 한 몸 가득 차오른다

병들어서 행복한 소녀야
몸에 박힌 독을 매일 핥으며
허공을 가른다
열꽃을 터뜨린다
한 발 한 발 가쁜 숨을 밀어 올린다

천변 소녀는 시퍼런 하늘 한쪽에 눈을 꽂고
날마다 짙어간다

내 심장을 뛰게 한 것은 독이었다

메피스토펠레스의 입김

정체 모를 비린내를 품고 실성한 듯 와야 해
나뭇잎들 모조리 뒤집혀 허연 배를 퍼덕여야 해
만취한 비를 품고 후끈 얼굴을 때려야 해

알려고 하지 마

나는 붕 떠올라

그의 입김 위에 올랐어

등에 찰싹 붙어

고비사막의 바닥을 쓸어가는 것

툰드라 핏빛 태양을 저어가는 것

내 뼈들이 전율했어

서쪽으로 서쪽으로 갔더니 동쪽이 나오고

또 서쪽이 나오고 또 동쪽이 나오고

퀭한 눈꺼풀을 끌고 바람은

제 집으로 들어가고

나는 달빛처럼 하얗게 웃는다네

능소화

무엇이나 다 소화한다고?
주황 입속의 저 혀를 봐

휘청,
몸 밖으로 튕겨 나왔네

그녀가 살아온 것
입 다물어라

능소화 앞에서
그 내력을 건드린 자
장님 된다

능선과 코스모스

능선은 뒤돌아보지 않고 달린다
몸 아래 쌓여 가는 육탈한 침묵들
동글동글하다
사방의 무게를 단단히 잡고 있다

삼만 이천팔백 개의 침묵이 오래된 산의 등뼈를
날마다 저리 날렵하게 벼렸으리
능선은 별의 운행도를 꼭 쥐고 공간을 가른다

철로 아래 막 터지는 코스모스 사이를
폴짝폴짝 뛰어넘는 시간들이
와르르 자빠지고 있다

내부로 몇 발짝 들어왔을까
코스모스 빨간 꽃 하나가
방주方舟만큼 커 보인다
내가 가득히 들어앉았다

가보지 못한 곳

시인 두 사람과 산 아래 식당에서 밥을 먹었다
산이 금방 우리를 덮칠 것 같다고 누가 말했다
첫눈 오는 밤 이불을 가지고 여기서 만나자고 했다
뒷문 열어놓고 산이 덮치러 오기를 기다리자고

한 사람이 캐나다로 이민을 갔다
전화기 속에서 통통 뛰는 소리로
알래스카 툰드라를 가자고
그 시뻘건 태양의 배에다
오줌을 싸고 오자고

첫눈을 뒤집어쓴 산은 빈방을 지키고
한 장 사진 속에서
가보지 못한 북쪽 나라의 태양은
나를 뿌쑹뿌쑹 바라보고 있었다

소유리에 어스름이 오면
묵은 얼굴들이 창호지에 흥건하다
북쪽에서 우는 밤새 소리가
방광을 가만히 건드린다

아기 눈 속으로

구름이 흐르네요
앞산 허리를 감고 놀고 있네요
잠시 한눈판 사이
찬바람 스치는 끄트머리 하늘
그 너머로 가고 있네요
거기서는 가는 것이 오는 것이라고 한다지요
당신은 늘 그 너머를 보고 있어요
그곳에 귀를 대고 있어요

연초록 나뭇잎 위에서
햇빛이 미끄러지네요 넘어지네요 깨지네요
그 틈새로 당신이 오나 봐요
은밀한 밀명
우리는 몇 겁이나 지난 뒤 다시 창포꽃 필 때 만날 거라고
호수가 말없이 말하네요

먼저 산 내가
당신을 밀어뜨리겠습니다
미끄러지세요 자빠지세요 코가 깨지세요
미끄러지고 깨지는 햇빛에 눈이 부십니다

잊고 있던 내 목숨들이 여기저기서 일어섭니다

잘 놀다 오십시오

귀가

길 위에 어스름이 내리는구나
차들이 집으로 돌아오는구나

뻐근한 어깨
하루치의 페이지를 넘겨 내고
파란 신호등을 통과하는구나

오래된 해진 옷을 걸치고
날마다 잠에서 깨어나는구나
언제나 처음 만나는 봄여름가을겨울
매일 낯선 악기를 부둥켜안고 앓고 있었구나

엔진을 끈다
불빛이 새어나는 마당 안에서
작은 별들이 반짝이며 뛰어나온다
"와! 아빠 왔다— "
탄천 건너 달려온 길 멀리
은하계가 벌써 낯설다

느티나무-길

날마다 목 늘이고 넘어다보았어
태제 고개 돌아 구불거리며
찻집 '저 구름 흘러가는 곳'으로 넘어가는 길
연둣빛 눈 반쯤 뜨고 종일 떠나고 떠나는 길들
정말 근사했어 좀이 쑤시는 내 눈에 발이 돋아났어

가다가 덜컥 그가 내미는 돌부리에
한번 눈부시게 채일 거다
넘어져서 보는 산과 들
엎질러진 빛살에 빠져 허덕일 거다

마파람이 얼굴을 때렸어
흩뿌리는 머리칼 틈으로 보았어
혼자서 텅 빈 길 끌고 가는 길의 뒷머리를
무너질 듯 어깨 위로 내려앉은 허공을
먼 길 돌아온 먼지가 내 눈 속에 자욱했어
길 끝에서 어렴풋이 풋내가 났어

떠나보지도 못하고 돌아오고 있는
벼랑 끝 느티나무
나도 모르게 길이었어 나는

빗소리

빗소리가 베란다 유리창을 때린다
군홧발 떼 지어 몰려온다
냉장고 소리가 맹렬히 저항하다 잠잠해진다

다듬이 방망이 소리 거실 가득 울려온다
고르게 흩어지지 않게 사방을
다다다다다 다다다다다
어머니가 할머니를 두들긴다
"시집살이는 문서 없는 종살이지야."
머리에서 가슴까지 접었다 폈다 하며
반반하게 윤이 날 때까지 두들긴다

아무도 날 부르지 마

허공에서 땅 위로 좍좍 긋는 비
빗소리 대숲에 갇혀
양수 속으로 절룩이는 내 박동을 풀어놓는다

비 그치고 유리창에 물방울들이 헤살거린다

길 건너 개망초 꽃들이
손바닥만 한 고요를 열고 있다

혼밥

식탁에 불을 밝혔다
밥공기가 틀니 같다
밥알들이 빛난다
한입 떠먹었다 입안에 웃음이 가득하다
한입 떠먹었다 입안에 눈물이 가득하다

식욕이 나를 어루만진다
— 나는 누구도 해치지 않아
이렇게 말하는 자를 믿지 않기로 한다
— 산 입에 거미줄 치랴
다독이는 말에 감동하지 않기로 한다

입속에 들어간 밥은 맨살의 관능
침과 섞이고 혀에 감겨 몸을 비비다가
한순간에 목구멍을 넘어가 버리는 것들

컴컴한 터널 저 아래에서
와글와글 끓는 식욕들
웃음과 눈물이 엉겨 숟가락을 놓는다

마당에 벽돌색 국화가 많이 피었다

뻐끔거리네

우수 지난 이포 들녘
논바닥에 엎드린 벼 밑동들 고개를 드네
촘촘히 하늘을 뻐끔거리네
갇힌 숨들 뒤뚱거리며 걸어 나오네

비늘 벗은 이포강 큰 걸음도
구부러지고 뒤틀린 것 보이네
들판과 산과 강이 비뚤비뚤 뒤뚱뒤뚱한 모양이네
어깨 걸고 허공 가득 뻐끔거리네

강가에 차를 대고
돌아다본 내 길도 비뚤비뚤 뒤뚱뒤뚱한 모양이네
그 모양으로 뻐끔거리네

꽃 지다

꽃이 지고 있다

타고난 수심愁心
하늘에 걸어놓고
일용할 웃음을 헹구었다

햇빛 밝은 날
배 속에 시린 울음을
향기라 했다

키를 키우는 향기만큼
부풀어 오르는 침묵 위로
길 하나 화살처럼 꽂혔다

매끄러운 살 촉촉한 혈관
흙 속에 풀어져
꽃잎에 서린 눈들 연기처럼 풀어져
훨훨 사위는 길

희디흰 한낮의 공원

몰래 빠져나가는 노랑나비 하나
소리가 난다

겨울 산

1

성긴 머리털 사이로
이쪽저쪽 바람에게
길을 내주고 있다

2

수많은 말 털어버린 잡목들 사이
구부러진 좁은 산길로
다리 절며 돌아온 바람이
산비탈 잔설에 몸을 비벼댄다

3

투명한 하늘에
성긴 빗살무늬 자궁
빈자리마다
배란을 머금고 서있는 나무들

4

산 아래 마을 앞길로
낡은 버스 한 대 터덜거리며 와

도시로 간 뉘 집 자식들
풀어놓고 사라진다

5
동구 밖
늙은 소나무 꼭대기
귀를 때리는 까치 소리
깍깍깍 사선을 그어대고

비린내 아버지

오월 숲속에는
양수 터지는 냄새가 있다
미끈덩 솟아오른 봉분이 있다
삭은 지팡이로 비칠비칠
세상 밖으로 걸어 나온 알이 있다

성도 이호재지묘

허허, 열심히 연습하던 웃음이 있다
없다 아무것도 없다 숲속에는
무덤의 발치에 엎어져 껌벅이는
가랑잎도 없다
하얀 눈 걸쳐둘 한 조각 구름도 없다
허공만 수북이 살아
베어내는 풀 비린내 진동한다
죽어서도 베어내는 생각이여,
비린내로 뚫리는 알이여, 허공이여

허공을 건너는 먼지 속에
연초록 새순의 숨소리가 혀를 내밀고
낮에 뜨는 별의 밑동을 핥는다

날개가 있다

황사 쌓인 마루에
어린 발자국 멈칫멈칫했네요
방 안에서 도란도란 새어 나는 말소리가
너를 마루 끝으로 자꾸 밀어냈네요

잠든 감나무 가지에 닿고서야
울고 있는 네 무게를 알았네요
꽉 찬 어둠이 바위보다 단단했네요

눈 질끈 감고 어둠으로 뛰어내렸네요
무게가 어둠의 머리를 들이받으며
산산이 깨졌네요

그런데요,
너도 모르게 너는 날개를 치고 있네요
까무러치며 어둠을 깨치고 나온 꽃
새벽이 벌어지네요

너에게 무게를 준 누군가
날개도 주었네요

크리스마스트리

자정 넘어, 고장 난 신호등이 쉬지 않고 깜박인다
토막말로 주저 없이 외쳐댄다

'길이 쓰러져 있어요. 누구 없어요?'

달려오던 차들이 그 앞에 주춤대다 달아난다
아무도 알은체 않는 정적에 밀린 길의 박동이
아파트 거실의 불 꺼진 유리문을 두드린다
잠을 잃고 얼크러져 뭉친 어둠이
아픈 발목을 끌며 문을 연다

성치 못한 것의 늑골에서 나는 살냄새
덜거덕거리며 들어온 길이
구석에 밀쳐 둔 크리스마스트리에 옮겨붙는다

깜박깜박 반짝반짝은 신음과도 같아
꼭대기에 은빛 큰 별까지 수만 리 길을 잇고 있다
고장 난 말들이 빛나고 있다

단풍

늦가을 오후
길가의 선홍 단풍잎을 볼 때면
발목이 시큰거린다
얼음 가시에 찔리는 것 같다는 생각
그도 몸속 어딘가에 얼음을 품고 있나
어르고 달래고 녹이는 일 아직 끝나지 않았나
뜨거운 눈물이 빨갛게 얼어 굳도록
독하게 견디던 등뼈 잔가지 끝에
붉게 매달렸다
마을 한 귀퉁이가 환하다

어린 몰티즈 한 마리 다가와
물끄러미 나를 보다가 휙딱 돌아서
내 눈길을 끌고 귀를 팔랑거리며 달아난다

흰 두루마리 휴지를 풀고 가듯
가늘고 선명한 강아지가 간 길

놀이터에서 뛰어나온 단풍잎 하나
빨갛게 목발을 까불며 따라간다

폭설

눈발이 친다
동산상가 교회 첨탑이 보이지 않는다
오래 지친 허공이 하얗게 부서져 내린다
눈 더미 속에 제 생긴 대로 묻혀 가는 것들
그 몸속에서 새어 나는 불빛들
눈 감고 보는 생각들

쌓인 눈을 뚫고
풍뎅이 한 마리가 기를 쓰며
가다 서다 가다 서다
그예 전봇대를 들이받고 멈춰버렸다
레커차가 와서 그를 끌고 간다

"부품을 호박으로 바꿔드릴게요.
지팡이도 드리지요."

성장한 생각들이 호박 마차를 타고
우아하게 세상을 걸어간다
아늑한 방에 앉아 도란도란 얘기를 나눈다
창틈으로 라일락 향기가 새 나온다

다음다음 날
등짝을 새빨갛게 닦은 풍뎅이가
파리바게트 앞을 지나가고 있다

그 방에 들지 못하고

가을비가 밤의 등을 타고 내린다
불빛들 길 위에 떨어져 번들거리다가
호박꽃 초롱 같은 방 하나 만들었다
어둠 속 작은 온기에 기대어
한 사나흘 코 박고 취하고 싶다
목울대를 간질이는 쓰린 기억들
꾸역꾸역 게워내고 싶다
노란 밥알들이 꽃술처럼 머리 들고 일어나
찬 빗줄기에 통통 튄다

그 방에 들지 못하고
낙엽들 빗물에 쓸려 가는 길
건너
성천문화원 건물로 들어간다
장자 강의실 벽 박제 거북의 등 위로
형광 불빛이 차갑게 미끄러지고 있다

흐린 날 탄천을 지나다

눈꺼풀 내린 하늘이
걷는 그만큼만 문을 열어준다
얼룩진 시간들을 한 알씩 골라내며 걷는다

풀숲에서 날아오르는 왜가리의 날개가
퍼덕이는 고요
그 틈새로 풀잎 하나의 길이
바람에 흔들리고 있다

'태중의 아드님 또한 복 되시나이다.'
끊어질 듯 팽팽한 허공에 실려
건너 산 서쪽 능선 위에 몸 걸친다

다정한 소음들 옆구리에 끼고
쓸어 문지르며
탄천 탄천 따라 걷는 길
걸을수록 뚜렷이 다가드는
서쪽 능선이 환하다

단단히

상가 떡집 할머니는 젊었을 때 을지로에서 식당을 했다. 얼룩 강아지를 기르다가 손님들 때문에 더는 기를 수가 없었다. 마침 안양에서 온 개장수에게 몇 푼 받고 팔았다. 강아지는 온몸이 묶인 채 차에 실려 갔다. 그런데 며칠 후 식당 문이 빼꼼히 열리더니 팔려 갔던 강아지가 들어왔다. 강아지 눈에서 눈물이 줄줄 흘렀다. 사나흘 안심시켜 데리고 있다가 다시 그 개장수를 불렀다. 이번에는 안 풀리게 단단히 묶으라고. 할머니는 그때 남편도 없이 어린 자식들하고 살아야 했단다.

밖에는 가을비가 내리고 있었다. 참 온순하게 스미고 있었다. 멀리 능선 너머 어둠이 세상을 묶고 있는 것이 보였다. 풀리지 않게 단단히.

잔설

눈꽃 보러 온 강원도 평창
눈꽃은 간데없고 푸른 소나무들이 눈을 찌른다

듬성듬성 남아있는 눈 더미들
그땐 숨 막히게 눈꽃 피었었지
맨살로 잡목 가시들 푹 싸안고
바람결 잔잔히 날리고 있었지
찌르다 엉킨 가시들이 죄다 꽃이었어
몸에서 뛰쳐나온 하늘길들 소리치는 것 귀가 먹먹했어

그리움 녹아 흘러 스미는 무덤 위에
투명한 시간들이 배가 부르다

중학교 때 동산 눈꽃 아래 사진 찍으며
까르르까르르 떨어뜨리고 온 웃음들
집으로 오는 길 찾지 못하고 마른 비탈 어디쯤
한 줄기 희디흰 길로 깊어지고 있을지
어느 별의 시간 속을 달리고 있을지

단풍나무

누가 토해 놓은 울음이
공중에 갇혀있다
하늘에 혈관을 문신하는 나무
눈이 붉어진다

저 침묵을 들어 봐
생살이 타는 소리
깔깔대는 소리

저 지문을 만져 봐
옹이를 먹여 살린 내력을

햇빛이 통과하는 선혈의 고요
두 손 들고 오르는 소리들

백일홍

가을 백일홍이 충혈된 눈을 뜬다

수북이 떨어진 햇빛들 포개어 뒤채인다

이따금 검불 같은 말들이 차오르면

오한이 몸을 파고든다

눈에서 먼저 달아나는 고갯길이 가물가물하다

고개를 꼰다

누구 내 목을 따 줘

고향 집 마당 가 자잘한 흔적들이 스치는 몸 냄새

그가 더운 내 뒷골을 만진다

만리장성

구름이 몰려온다
쑥대머리 청년이 때 전 손으로 코를 힝 풀어낸다
날아와 얼굴에 박히는 빗방울이 차갑다
닦으면 끈적이는 비린내
사람들이 재채기를 해댄다
눈을 껌벅이며 그들을 보던 청년이
가파른 장성을 뛰어 올라간다
칼바람 속에서 쑥대머리가 춤을 춘다
그는 어느 나라에서 왔을까
배설물이 더럽지 않은 곳
검은 먼지들이 은하수처럼 반짝이는 곳
지평선을 보며
바람과 손잡고
춤추는 나라에서 왔나 보다
쩡, 몸을 깬 하늘의 살 속으로
만리장성 들어간다

밤새가 우는 것

밤새가 운다
밤새 소리가 저물녘의 맨살을 찍어댄다
지난겨울 북풍의 가시가 뼈에서 아리다

지금 막 햇살 한 권이 덮이고 있다
뒤돌아 본 초석잠 잎들이 가지런하고
패랭이꽃들 몸 냄새도 아직 후끈하다

북녘 하늘 보랏빛 입술이 어둠에 익사한다
금기의 단맛들이 어깨를 늘어뜨리고 사라진다

동여맨 마음 줄 풀어낸 보자기 하나가
바람에 춤을 추며 날아간다
앞산이 춤추며 날아가고
나도 천당 아래 분당으로 가고 있다

밤새가 운다
어둠이 출렁이는 소유리
이리저리 몰려다니는 흰 구름 떼

처음처럼 날이 샐 것이다

그럴 리야 있겠습니까마는

진동 벨트 헬스기 위에서 보는 밤의 거리
마구 떨리는 불빛들은 그럴 리야 있겠습니까마는
밤하늘 너머를 보지 않았으면 좋겠습니다
오늘 밤만 다투어 피다가
꽃잎처럼 떨면서 떨어지는 것
잠결에나 슬몃 보았으면 좋겠습니다

좌우 팔방으로 떼어주고 먹히느라
원죄보다 가볍습니다
그럴 리야 있겠습니까마는
비에 젖어 팅팅 불은 몸
아구아구 만 근쯤 불었으면 좋겠습니다

저 불빛들 비바람에 녹아
어둠으로 뚝뚝 떨어질 때
한 그릇 가득 받아 길 위에 부으렵니다
한 겹 한 겹 까맣게 덧칠하렵니다
그때 켜로 앉은 어둠 위로 그대
선명하고 부시게 오십시오

그럴 리야 있겠습니까마는
저희가 부르튼 입술을 오리 주둥이처럼 흔들어대며
뒤뚱뒤뚱 한판 신나게 놀아볼 테니
여기 그냥 버려두고 가십시오

초등 동창회

누가 햇살을 잡아다 강물에 풀어놓았을까
오늘 파닥이는 황룡강
물결 위로 안부를 보낸다
그 가시나들 죽고
머스마들도 몇이나 갔다고
마른 갈대들이 봄 하늘을 사각인다

"죽기 전에 얼굴 한 번 더 보려고 왔지."
이 옛날 저 옛날이 손바닥을 마주쳤다
닭백숙을 찢어주고
고로쇠 물을 따라주고
방 안에는 더운 김이 오르고
밖에는 솔바람 소리 휘돌았다

"하루가 천금."
"두 발로 걸어 다닐 수 있는 것에 감사."
흙으로 가는 길로
나는 한 번도 안 간 적 없으니
그때 어린 나를 보내놓고
지금 내가 왔다

하얀 신작로 모퉁이에서 누구를 만나거든

바로 나인 줄 알려무나

바로 너인 줄 알려무나

터널을 빠져나가다

차창을 열자
고여있던 숨결이 빠져나간다
연기처럼 서둘러 달아난다

밤의 숨구멍들이 술렁인다
능선들이 꿈틀댄다

처음부터 나는 없는 소리였을 터
소리를 꼭 쥐고
허허들판을 껑충껑충 뛰었을 터
내가 걸어간 자리
밤의 지평선이 쓸쓸히 출렁이고 있었을 터

뼈가 쇠도록
심지가 하얗게 타고 있는
성대 없는 새들을
푸드덕 날려 보낸다

뭉친 소리들 흥건한 하늘을 차고

깃털처럼
터널을 빠져나간다

기억들

길은 군데군데 숨어있다
한여름 공원의 깊은 잠 속으로
끊길 듯 사라져간 분홍 나비

수많은 안부를 생략함
모른다고 모른다고 다져진 몸
두꺼운 각질 밑으로
아프게 흐르는 목소리들

깨진 조각이 긁고 지나가
손가락 발가락 없는 것들이
서로를 부른다
흔들리며 만들어내는 피의 꽃
먼 능선 너머 하늘이 젖어온다

아무도 몰래 여기저기 숨어서
피는 꽃들이
신발 끈을 매고 있다

달

불 켜고 나선 길이다
목구멍에 찬 눈물이다
떠밀려 가는 흉터다

악몽 속 고양이 눈이 웅크리고 있다
밖으로 나가지 못해 긁어댄 벽
손톱이 패놓은 검은 지도가 있다

꼭대기에서 밑동까지 매일 들여다본다
잎사귀와 가지 사이에 발화점을 감추고
차고 맑은 기운인 것처럼 웃기도 하는

쉼 없이 밀려가며 마음 되짚어 가다가
위에서 아래까지 지도의 중심을 쪼갠다

이실직고,
금빛 길이 와르륵 쏟아진다

휘황한 임종

빈 하늘
나무
새 떼들

이 가계家系에는 쉬지 않고 구르는 굴렁쇠가 있다
나무가 굴리고 온 하늘이 마른 고추밭 너머로 달아나면
어린 새 떼들이 편백나무 하늘을 잡아당긴다

위와 아래가 서로의 발목을 잡고
둥글게 구르다가
미루나무 터널로 들어간다
나왔다가 들어가고 들어갔다 나온다

스르렁스르렁 잠시 느린 속도로 지나가는
키 낮은 담장 안
감나무 가지에 빨갛게 내려앉은
저 많은 새 떼들

하늘의 바닥이 유독
파랗게 들여다보이는

오늘
댓돌 옆에 지팡이 나란히 세워놓고
이 집 할아버지 새집으로 이사 가신다

사파이어 붉은 알들을 수도 없이 터뜨리는
빵빵한 햇빛들

겨울 오리와 그림자

밤새 얼어버린 강 위를
그림자와 함께 간다
내 발목이 삐끗 미끄러질 때
그의 발목도 삐끗 미끄러진다
강바닥이 허옇게 비늘을 세울 때
여름 강의 속살을 생각하라고
눈을 쓰다듬는다
그것들은 한 몸이라고
귓바퀴에서 햇살이 거든다

침묵이 더 부풀어 올라
허공이라도 주저앉힐 겐가
바람의 매운 뼈에
먼 바위산이 이를 악문다

그가 내미는 등에 업혔다
있었으나 없었던 그의 맥박이 내게로 건너온다
처음부터 말씀은 석양을 지피고 있었구나
마른 껍질 같은 그의 등에서 김이 난다

겨울날 내 그림자의 등은
벨벳 꽃잎처럼 따뜻했다고
감미로웠다고

오리 떼가 누워있던 그림자를
화르륵 일으키며 날아간다

밤새가 울다

울고 또 울었다

저무는 초록 강 위로
침묵을 차고 깃을 털며 오는 소리 있을까
귀 기울이다 울었다

곧 어두워질 거라는 예감에 울고
생각이 생각을 낳고
허공이 허공을 낳고
어둠이 뭉게뭉게 알 수 없는 말을 토설하고
밤이 새어도
모른다고 울고 또 울었다

남아있는 마음은 셀 수 없는 물음을 허우적이고
나도 알 수 없이
구구 구구구 구
목젖을 떨고 있다

저녁 들판

해가 막 산 넘어갔다

아니 아직 들깨밭에 있었다 그는
붉은 체취로 후끈 더운 숨을 쉬고 있었다
들판에 그의 새끼들이 우글우글하다
콩밭, 메밀밭, 무밭, 배추밭에서
더 높이 하늘로 솟아오르는 놀이가 시작되었다
맨발로 뛰어논다

철없음이 좋아라
어떤 예감도 없이
팔 벌리고 허공으로 솟구치는 아이들
아이들은 죄를 모른다
열매의 자리는 허공인 것을 모른다
줄기마다 밀어 올리는 비린 꿈
어느 날 잔털까지 털려 뽑히는 것

노을이 내려앉아 정신없이 끈적이는 들판
솟아오르는

잡념

머리를 털어대도 달려드는 하루살이 떼들

한 뼘 마당가
콧바람 씩씩 불어대며 땅을 넓히는 잡념들
저기 불쑥 잡념 한 놈 뽑아볼까
"요놈아, 나랑 놀자. 이름이 뭐지?"
"알아서 뭐 하게요? 나요. 나."
"요놈 봐라. 당돌한 녀석이군."

오래 묵힌 잡념을 아픈 친구에게 보냈더니
오목가슴 가로막은 뭉치가
어느 사이 사라졌다고
나더러 최고의 문장을 뽑았다고 했다

나는 나를 잡념만큼 묵힌 적이 있었던가
잡념잡념잡념 하는 동안
잡념이 내 안에 집을 지어놓았다
울타리를 넘어간 몇몇 잡념은
씨앗을 내기도 했다

오늘도 나는 어둡고 후미진 곳으로 잡념을 찾아 나선다
반갑다 잡념아!

하늘의 끝

나 다섯 살 때
아버지는 하느님이었다
"아버지, 하늘은 끝이 어디여?"
"하늘은 끝이 없제."
"끝이 없는 것은 뭣이여?"
하느님은 끝내 대답이 없었다
여름밤 부녀는 툇마루에 누워
별이 쏟아질 듯한 하늘을 보고 있었다

"넓고 넓은 바닷가에 오막살이 집 한 채~ 늙은 아비 혼자
두고 영영 어디 갔느냐……"
어느 사이 아버지를 따라 노래를 부르고 있었다
노래 속의 늙은 아비가 눈물 나게 불쌍했다

내가 자라는 만큼 아버지는 작아졌다
밤사이 아버지는 절뚝거리기도 했다
한 번 더 자고 나니 낯선 늙은 아비가 혼자 바닷가에 서
있었다
파도 위의 가랑잎인 양 떠밀리는 가벼움이
말씀처럼 오래 맴돌았다

내 여원 어깨가 바닷가를 배회한다
곧 밤이 되어 별들은 그 수만큼 비밀을 토설할 것이고
내 목청은 하늘의 어느 모퉁이를 돌아들지

아버지 하늘은 끝이 어디여
끝이 없는 것이 뭣이여

붉나무

매곡 터널 위
머리가 붉은 나무
깊은 밤 별빛의 고요도 손 저어 보내는
정수리가 스산하다

머릿속 미미한 알집까지
남김없이 토악질할 기세
죄가 선명하다

백미러 속 질긴 핏줄을 가진 나는
때 되어 붉어지지 못하고
터널로 빨려 들어간다

물고기 암호

누구에게도 보이고 싶지 않은 방이 있다
버리지 못한 농짝, 이불, 텔레비전, 잡동사니들
지하교회 얼굴들이 어둑한 이마를 맞대고 앉아있다

나도 그들 속에 몸을 기대었다
물고기 암호들이 살랑대며 사이사이를 왕래하고 있다
없는 지느러미로
잘려 먹힌 꼬리로
어둠을 더 어둡게
쓰라린 곳 더 쓰라리게

물고기들이 이마를 만지는데
고독의 가시 뼈가 허물어지는데
내 이름이 다 허물어지는데
나도 내 것이 아니라고 휘적휘적 가버리는데
뒷머리가 서늘했는데

일어나 방문을 열었다
물고기들이 비늘을 반짝이며
날아올랐다

눕는다

밤 산으로 걸어 들어간다
잎사귀들 남은 기억을 바싹 말리고 있다
가랑잎들이 바스러지는 소리를 낸다

어디선지 산국의 향기
혈관을 타고 오르는 가벼움
출발의 설렘

산 아래 마을 불빛 두어 개
따뜻했다고

벌판 가로지르는 밤기차 서둘러 지나간 뒤
터벅터벅 들어가 눕는다

한솔미술관*

첩첩 능선을 달려
무덤 속 잠을 지나 미로의 끝

여자와 남자가 마주보고 있다
웃으며 너를 지워 나를 그린다

이쾌대의 운명이
박수근의 휴식이
나목들 눈밭을 기어가는 허기들이
원본의 코란이

들어와서
나가는 길을 찾지 못하는
오크벨리 한솔미술관

* 오크벨리 한솔미술관: 강원도 '오크벨리 한솔리조트'에 있는 미술관.

노을과 저수지

빨갛게 언 노을이 저수지로 쏟아지고 있었다
누군가 노을을 물속으로 밀어 넣고 있었다

젊은 외삼촌은 어느 날 봇물 터지듯 피를 쏟고는
핏덩이 속으로 영영 가라앉고 말았다
그 후 어린 내 안에 빨간 저수지가 살아
가끔씩 훅 눈을 뜨고는 했다

기생첩을 들인 아버지의 낯선 눈과
가시처럼 마른 어머니의 빨간 눈 속을
허우적이는 꿈을 자주 꾸었다

낚시 간 노인이 잡아 온 가물치로
매운탕을 끓였다
탕 속의 노을이 혀를 감는 식탁
숟가락 들어가는 식구들의 입속이 붉었다

낙엽 칼

비 그치고
지나가는 차 불빛 속으로
낙엽들이 화들짝 날아오르다 자지러지는

그런 이야기
걸어오는 여자의 구겨진 비옷이
여기저기서 번들거리며 삐쭉거리는

깨진 유리처럼
저마다 끝을 세우는 빛 조각들
미아인 듯 정처 없고
잠자라 잠자라 등 다독여도
바람의 촉에 무수히 돋아나는
귀의 바늘들

낭자한 낙엽들이 날을 번뜩이며
깊은 곳 눈물의 뼈를 베고 있다

그때 햇살은

햇살을 물고
하늘을 빤히 올려다보며 산은
발가락을 고물거린다
따뜻하게 채색되는
스며드는
이름 없는
다 말할 수 없는

그 아이가 내게 손을 내밀었다
손을 잡고 징검다리를 팔딱 뛰어 건넜다
웃는 그 아이의 치아가 깨끗했다
주일학교 끝나고 돌아가는 길의
희미한 햇살에 묻어나는 유년 한 조각
다 말할 수 없는

차창으로 휙휙 지나가는 것들의
그림자를 털고 차에서 내린다
새순의 우주가 팔딱 내게로 뛰어든다

다 말할 수 없이

이름 없이
스며드는

밤에 보이는 길

차들이 불빛을 끌고
어둠에 좍좍 줄을 긋고 지나간다

나 어제 죽었다
오늘 태어나 죽고
내일 또 죽는
죽은 심장으로 달린다
밤의 창밖을 내려다보면
죽어서 살고 있는 이들이 보인다

끊임없이 사라지고 생겨나는
떨림들이
없는 흔적들이 달린다
무한 침묵의 벌판이
길의 관절들을 조각조각 풀어놓는다

아프게 긋고 간 형상들이
천둥벌거숭이 시간의 뼛속으로
스미는 2월 밤
다시 달리기 시작한다

오색 단풍

관광버스가 쏟아놓은 등산복들이
알록달록 산으로 들어간다

여자들은 넓적한 바위에 배낭을 풀고
잔 가득 햇살을 따라 마신다
"분위기 좋고좋고~ 느낌이 와요와요~ 준비는 됐어됐어
~ 오매 좋은 거~"

아끼다 똥 되었다고
여자들이 허공을 쥐어 잡고 방방 뛴다
시간의 구슬들이
잎사귀 사이를 빠져나간다

산그늘이 등골에 선뜩인다
오색 여자들이
주섬주섬 짐을 챙겨들고
나무들 사이로 빠져나간다
흔적 없다

와우정사

마른 가지 사이 하늘은
푸른 눈을 뜨고 있다

빼꼼히 열린 달팽이관으로
구름이 들어간다
잘려진 산비탈 잔설이 들어가고
아랫마을 닭 우는 소리가 들어간다

'백일기도 접수 중'이 펄럭이는 입구를 지나
둥근 길 깊은 고요로 목을 디밀었다
오 층 석탑 칸칸이 백설기 떡이 익고 있다
오갈 데 없는 잔설들 몸에서 김이 난다

달팽이관이 봉긋 배가 부르다
누워있는 소의 배가 탱탱하다

수북한 거짓말

병을 치료하러 일본 병원에 왔다

덜렁 텔레비전 하나 눈 감고 묵상 중이다
전원을 눌러 내려오는 천정을 밀어 올렸다
타국의 병실을 산골 초봄이 빼꼼히 차오른다
덤불 속 서걱거리는 담장 아래
파릇파릇 저리 달그락대는 풀 더미 한 떼

"곤니찌와."
"곤니찌와."

흙바닥에 줄을 긋고 방을 만들어 둥근 상을 폈다

울 밖과 울안이, 처음처럼 늘 몸 떨리는
구름과 바람, 살풋 먼지 냄새
한 상 가득 수북한 거짓말들

말간 한낮
파랗게 목구멍 타고 내리는 한 줄기 슬픔이다

이름 부르기

빗방울이 붙잡고 있는 장미 한 송이
장미 한 송이가 붙잡고 있는 수많은 행성들

발아하지 못한 입안에서 웅크린 말
손가락도 발가락도 없는 것들이
서로 이름을 부른다
몸을 당긴다

내가 너를 부르고
네가 나를 당긴다
뒤엉켜 구르다가 하나가 되었다
이슬방울이라 하고
빗방울이라 하고
땀방울이라 하고
눈물방울이라 하고

보이지 않는 궤도를
소나무 별, 앞산 별, 비구름 별이 지나간다
네 이름을 붙들고 날마다 도는 길
밖으로 튕겨나가지 않는 것은

서로가 이름을 부르고 있기 때문이다

비 내리는 11월 장미 한 송이

촛불

문 닫아라 바람 들어온다

저 작은 촛불이 펄럭이면
방은 뒤흔들리다 전복할지 몰라
헐은 심지로 끌어올리는 파리한 웃음 포기할지 몰라
혼자서 퍼덕이는 상처
살 스치고 가는 바람 때문에 덧날지 몰라

바람은 불난 데 부채질한다
길가에서 허리나 흔드는 들꽃들
웃음이나 먼지나 살풋 몰고 와서
아픈 자리 고춧가루 뿌리고
말 인심만 울긋불긋하고
왁자하게 앉았다 간 자리
구멍만 뻥 뚫어놓고
아! 머리카락이 산발한다
흩어진 머리카락 사이로 빗소리 난다
어둠이 켜로 앉은 허공에 빗줄기 떨어져
겹겹이 둘러친 대숲 깊은 빗줄기 떨어져
길이란 길 아득히 멀어진 방

고요의 한 중심에서 비로소
작은 불꽃으로 일어서는 젖어가는 그대

빗속에 비 온다 문 열어라

은행나무 늑대

은행나무가 노랗게 익었습니다
환합니다 만월입니다
우우우 ─
늑대가 달을 보고 웁니다

짐을 싸야 해

낙엽이 떨어지고 있습니다
달이 몸을 내어줍니다

바람이 낙엽을 쓸어가며 주문을 외웁니다

허공이 빈 가지에 걸터앉아
만삭의 현을 퉁기고 있습니다

늑대는 굴로 들어가
그믐달만큼 눈을 뜨고
어둠 한 덩이를 폭 싸안습니다
감은 눈을 핥고 발가락을 핥다가
새끼 혼자 시간 속으로 흘려보냅니다

늑대가 달을 보고 웁니다
우우우 — 바람이 붑니다

장작개비들

설 가까운 날 곤지암 지나 이포 가는 길
찻집 '황색시대'에서 몸을 녹인다
장작개비 두어 개를 난로에 넣는다
불길이 확 솟구쳐 오르다 달아난다

명치에 결결이 묶여 있던 구름과 바람
미어져 오는 생목 같은 것들
아직 젖어있는지 눈알이 쓰리다
언 이마가 풀린다

슈베르트의 「겨울 나그네」가 끝날 즈음
벽난로 바닥에 타고 난 장작개비들이 불보석이다
남은 생각마저 불 속에 사라지고
그래, 지나서야 알았어 당신 마음인 것을

찻집을 나와 마른풀 서걱거리는 강둑에서 본
내가 피운 장작 연기
겨울 하늘 한 자락 녹이고 있다

예사롭다

아파트 숲속에서 아이들 노는 소리가 난다
짙푸른 고함 소리도 난다
늙은 아파트의 숨길이 탱탱해진다

아이들은 저리 방방 뛰고 놀다가
시집가고 장가갔다
아이들의 아이들이 달리고 있다

낙엽 쓸어 가는 바람이 왔다 가고
새순 트는 기지개 소리가 왔다 간다
창문 너머 행인이 지나가는 것
'스포렉스' 건물 모퉁이로 돌아가는 것
예사롭다

걷어 온 빨래를 개킨다
'분리 쓰레기를 내놔야 할 텐데……'
벌써 모과나무의 그림자가 길어졌다

아이들 노는 소리가 뚝 그쳤다.

아파트 북쪽

담벼락에 담쟁이넝쿨들 뼈가 앙상하다
아파트 북쪽 담장 안
나무들 터널이 깊고 어둡다

가랑잎들이 내 발길을 몰고
저쪽으로 깊숙이 빨려 들어간다
죽은 자들이 떨어뜨린 상념들이
저만치서 이끼가 되어 퍼렇게 불을 켜고 있다

다들 어디로 간 것일까
낯선 시간이 피폐한 옷섶을 여민다

창문에서 달그락대는 그릇 소리 붙잡고
조금은 울다 가도 될까
이삿짐도 없이 떠나는 길이 왜 달콤한가

모퉁이 돌아들자
숲 사이로 찰랑이는 햇빛
아이들이 소리 지르며 야구에 열중이다

긴 숨을 내쉬며
옷을 툭툭 턴다

공터

깨진 유리
부서진 서랍장들이
잡초에 묻혀 눈을 뜨고 있다

고여있는 흉터들을
가슴에 말아 들이고 있다

옛날 칠복이네가 살았었다고
마을회관이었다가
다시 빈자리로 돌아올 수밖에 없었다고
바람이 아픈 관절을 스치고 간다

오래 짓무른 길들이 일렁이고 있었다
나를 휘돌아 멀어져 가는 것을 보면서
혼자서 손 짚고 일어서는 애기똥풀꽃을 보면서
닫아 건 문을 열었다
비와 바람과 햇살이 쏟아져 들어왔다

문 열어두면
꽃들도 일제히 달리는 것을

'바라봄'의 내적 깊이 혹은 빗방울처럼 온순하게 스미는

박성현(시인)

　언어는 세계를 받아들이고, 이해하며 표현하는 주체의 고유한 작용이다. 우리가 언어를 세계의 모든 사물과 사태들의 대칭이라 말하고, 이를 통해 산출된 각양각색의 형상이 정당성을 갖는 이유가 여기에 있다. 언어를 통해서만 우리는 육체 안에 깃든 영혼을 열 수 있는 것이다. 그런 의미에서 언어에 매혹된 자는 세계에 한발 더 가까이 다가간 자이며, 세계를 하나의 사태로써 일으켜 세우는 유일한 매개라 할 수 있다. 특히 '시인'은 세계의 불가해한 심연을 직관적으로 파헤치고 표상하며 지속시키는 예외적 인간이다.

*

시는 시인 고유의 감각을 통해 산출되는 세계에 대한 언어-이미지의 총체다. 감각이 작용하는 방식에 따라 '언어-이미지'는 다의적이고, 다양하게 표현된다. 이 중 단연 '바라봄'이라는 시각적 집중이 현대시의 원감각인 바, 이로부터 다른 감각들이 뒤따르고 중첩되며 재편성된다는 것에 문제의 핵심이 있다.

'바라봄'의 감각적 실체는 사물의 표면을 감싸는 빛의 이질감에서 출발하며, 사물들의 속성과 본질이 나타나는 현상 전반으로 확대된다. 다시 말해, 시각을 매개로 하는 감각은, 실제로 촉각이나 후각, 청각, 미각을 미세하게 조정하며 사물의 다양한 국면을 산출한다. 시각을 통해서 우리는 사물의 정체성을 규정하고, 혹은 맛의 깊이와 밀도를 정치하며, 소리들이 모여 만들어내는 탁월한 화성들을 구분할 수 있다. 시각은 사물들의 무수한 관계망을 잇고 끊으며 조정하고 재배치하는 사유-이미지 그 자체다.

그러므로 '바라봄'이란 단지 시선의 머무름이 아니다. 그것은 '눈'과 '사물' 서로를 응시하며 깊이 스며드는, 은밀한 속삭임의 과정 속에 내재한다. 망막은 형상을 재현하지만, 동시에 다른 감각을 매개함으로써 '재현'을 하나의 '사태'로 확산시킨다. '바라봄'은 언어 이전의, 바로 언어를 가능케 만드는 분절되기 직전의 순수한 '언어-이미지'다. 언어가 사유를 촉진하듯, 시는 개별 사물의 밀도, 크기와 무게 그리고 시간과 장

소의 구체적인 사실을 기록하며 이로부터 촉발되는 모든 사태들의 격자와 집합, 단절과 흐름에 집중한다.

사태의 가능성을 직관하다

사물을 바라본다는 것은, 곧 사태들이 일어날 가능성을 직관하는 것과 같다. '바라봄'은 사물을 원상태 그대로 놔두는 것이 아니라 감각적으로 바꾸는 작용인 바, '사태들'이 창출하는 가능성의 세계까지 '바라봄'에 내재한다. 여기서 중요한 것은 세계를 받아들이는 '재현'이, 더 이상 '재현'으로서 기능하기를 멈추는 분기점에 '바라봄'이 있다는 점이다. 폐쇄회로가 아닌 회로의 끊임없는 접속과 단절, 이접과 재배치를 통해 대칭의 총체적 이중 구조를 만들어낸다. 재현을 사물과 연결시키지 않고, 재현 그 자체의 고유한 흐름과 지속, 내적 논리들의 분할을 가능하게 만든다는 말이다. '바라봄'은 시간과 공간을 '장소'로 바꾸며, 사물에 내재하는 구체적인 표상으로 일으켜 세운다.

이정임 시인의 회로는 항상 열려 있다. 열린 채로 자신의 기억을 다시 쓰며, 또한 열린 채로 타자에 닿는 자신의 감각을 새로 산출한다. 이를테면, "어쩌다 열네 살 그 벌판에 섰네/ 해진 보랏빛 그림 한 장 꺼내 들고/ 밤하늘 뒤로 숨어버린 별을 생각하네/ 그때나 지금이나 서쪽을 보고 있네// 어둠의 등 뒤로 돌아가기 전/ 들불처럼 번지는 자운영꽃 타고/

다 삭은 말뚝 하나 환하게 귀향하네/ 곧 무너져 내릴 설렘에/ 붉은 숨을 고르네"(『서서만 보았네』)라는 문장에서 시인은, 결코 갈 수 없는, 그리고 되돌릴 수도 없는 "열네 살 그 벌판" "밤 하늘 뒤로 숨어버린 별" "들불처럼 번지는 자운영꽃"을 이끌 어내고 다시금 격정적으로 쓰는 것이다.

'바라봄'이란 비가시적인 꿈과 같다. 대상의 표면과 이면을 상호 교차시키는 '바라봄'은 회화를 입체적으로 분절시키고, '시'를 '상상하다'라는 동사로 만들어버린다. 왜냐하면, 시 각-이미지들은 단지 '보인 것'만이 아니라, 망막에 포착되지 않은 것, 다시 말해 벽에 가려졌거나 시각을 벗어난 것들까 지 포괄하기 때문이다. 그런 의미에서 시각은 사물을 감각하 는 심층이면서 동시에 사물 자체가 시인에게 다가오게 하는 불가해한 방식이다. "섬광으로 지어진 수많은 내"가, "화강 암 차가운 몸으로 서있"고, "한 조각 한 조각 내 바깥을 쪼아/ 불똥으로 지은 집 섬광의 틈 속에/ 둥글게 나를 껴안"(『섬광으 로 지은 집』)는 마주침이 동시적으로 일어나는 꿈의 장소로써.

타자 속에서, 타자와 함께 호흡하는 문장들

이정임 시인은 바라본다. 급격하게 기우는 황혼의 비탈에 서도, 그는 중심을 잃지 않고 대상을 응시한다. 그 눈빛은 깊 은 우물을 들여다보는 것처럼 비가시적인 모호함의 세계를 직관하고 그러한 만큼 서늘하다. 그의 눈은 회화처럼 입체적으로 캔버스 위를 소용돌이친다. 그가 직관하는 사태들의 연쇄가 덧붙여지며 서로 작용하는 것인데, 그럼으로써 그는 끊임없이 세계와 접속된다. 더 정확히는 세계를 관통함으로써 세계와 이어진다. 이를 증명하듯, 그는 "무엇이나 다 소화한다고?/ 주황 입속의 저 혀를 봐// 휘청,/ 몸 밖으로 튕겨 나왔네// 그녀가 살아온 것/ 입 다물어라// 능소화 앞에서/ 그 내력을 건드린 자/ 장님 된다"(「능소화」)라고 말한다. 다른 감각이 아닌 바로 '시각'으로 "능소화"의 모든 표현과 가능성을 압축하는 것이다.

그는 보고 또 본다. "마른 가지 사이 하늘"이 그 "푸른 눈을 뜨고 있"(「와우정사」)는 것처럼 그의 눈은 사물들을 감각적으로 연결하기 위해, 또한 사유로써 그 무한한 관계를 인식하기 위해 대상을 감싸 안는다. 그리고 그는 이 치열한 '바라봄'을 통해서 스스로를 세계에 속한 존재로서 확산한다. 다만, 간과해선 안 될 것은 '바라봄'이라는 감각은 무수한 이동 경로와 장소를 가지며 상호 교차된다는 점이다. 그는 "병을 치료하러 일본 병원에 왔다// 덜렁 텔레비전 하나 눈 감고 묵상 중이다"(「수북한 거짓말」)라고 쓰는데, 그것은 그가 바라보는 대상 또한 의심할 바 없이 자신을 바라보고 있다는 사실을 적시한다. 언어가 무수한 인간에 의해 교환되듯 '바라봄'도 주체와 대상을 바꿔놓는다. '바라봄'의 기관이 인간만이 아닌 것이다. 결국 시인은 시각적 주체로서 타자로 수렴될 수밖에 없다. 실존주의적 관점에서 말해지는 '어쩔 수 없는 던져짐'이 아닌, 주체가 주체를 확증하고 또한 주체가 타자와 함께,

'타자-속-에서' 녹아내리는 능동적인 펼쳐짐이다.

이제 우리는 시인의 '바라봄'이 향하는 장소와 시간, 그리고 대상의 구체적 실존으로 자리를 이동해야 한다. 이는 어느 장소에서, 어느 시간에 무엇을 바라보는 것인가. 그리고 대상의 현존에서 무엇을 읽어내는가에 대한 문제로 압축된다. 많은 시인들이 그러하듯 그는 우선 생활이라는 장소에서, 아주 사소한 일상의 사물들에 눈길을 준다. 그리고 그 대상-속-에서 자신을 정확히 투영하며 삶 전체를 대칭한다. 이를테면, "공터"에서 "깨진 유리"나 "부서진 서랍장들" "잡초" 등이 고여있는 "흉터" "혼자서 손 짚고 일어서는 애기똥풀꽃"(『공터』)을 보면서 '삶'의 필연적 퇴락을 쓰거나 "낙엽 쓸어 가는 바람"이나 "새순 트는 기지개 소리" "'스포렉스' 건물 모퉁이로 돌아가는" 낯선 "행인", 걷어온 "빨래" "분리 쓰레기" 등을 통해 생활의 자질구레한 것조차 의미를 가질 수 있음을 역설한다(『예사롭다』). 또한 "컴컴한 터널 저 아래에서/ 와글와글 끓는 식욕들/ 웃음과 눈물이 엉겨 숟가락을 놓는다// 마당에 벽돌색 국화가 많이 피었다"(『혼밥』)며, "혼밥"을 먹는 사람들의 쓸쓸함을 위무한다. 가끔 "몸에 박힌 독을 매일 핥으며/ 허공을 가"르고, "한 발 한 발 가쁜 숨을 밀어 올"리며 열꽃을 터트리기도 하는데, 이것은 모두 삶이라는 치명적인 "독"을 품고 살아야 하기 때문이다. 미루나무가 혹독한 겨울을 품고 살아야 하는 것처럼 "내 심장을 뛰게 한 것은 독이었다"라는 고백은 바로 여기서 나온다(『미루나무는 겨울을 품고 산다』).

시인에게 '바라봄'이란 세상의 모든 타자와 마주치는 것이면서 또한 타자 속에서 자기 자신을 발견하는 일이다. 행위이고 실천이며 윤리이자 방법이다. "낭자한 낙엽들이 날을 번뜩이며/ 깊은 곳 눈물의 뼈를 베고 있다"(「낙엽 칼」)는 전의戰意마저 느껴지는 시인의 문장을 통해 우리는, 타자 속에서, 타자와 함께 호흡하는 문장들의 내력이 이렇듯 천천히, 아주 느리게 바깥에서 안으로, 다시 안에서 바깥으로 수평적 원환圓環을 그리며 끝없이 반복되고 있음을 보게 된다.

길은 군데군데 숨어있다
한여름 공원의 깊은 잠 속으로
끊길 듯 사라져간 분홍 나비

수많은 안부를 생략함
모른다고 모른다고 다져진 몸
두꺼운 각질 밑으로
아프게 흐르는 목소리들

깨진 조각이 긁고 지나가
손가락 발가락 없는 것들이
서로를 부른다
흔들리며 만들어내는 피의 꽃
먼 능선 너머 하늘이 젖어온다

아무도 몰래 여기저기 숨어서

피는 꽃들이

신발 끈을 매고 있다

―「기억들」 전문

　늦은 아침을 먹고 현관을 나선다. 목적지를 어디로 정할까 잠시 고민하다가 그리 멀지 않은 곳에 위치한 공원으로 향한다. 몇 개의 골목과 가파른 언덕길을 에둘러 간다. 신발은 아직 건조하고 간결하다. 군데군데 숨어있는 길이 불쑥 나왔다가 사라진다. 느리게 걸을수록 사물들은 뚜렷하다. 시인의 '바라봄' 속에서 사물들은 자신의 외투를 벗고 내면과 표현으로 이동한다.

　공원 어귀에 다다랐을 때, 그는 문득 "한여름 공원의 깊은 잠 속으로/ 끊길 듯 사라"지는 나비 한 마리를 보게 된다. 나비와 함께 '분홍'이라는 한여름의 비현실적인 색채가 공중에서 흩어진다. 나비는 가시적이면서도 무척이나 모호한 미학적 실체로 나타난 것이다. 그것은 유년의 표상일수도, 혹은 무의식 저편에서 순간 솟아오른 공포일 수도 있지만, 나비의 분홍이 흩어질 때마다 그것은 "수많은 안부를 생략"한 목소리로 변형된다.

　낯익은 얼굴들이 한꺼번에 중얼거리는 "모른다"는 말은 쓸쓸하다. "두꺼운 각질 밑으로/ 아프게 흐르는 목소리들"을 뒤로하고, 그는 다시 걷기 시작한다. "깨진 조각이 긁고 지나가/ 손가락 발가락 없는 것들이/ 서로를 부"르는 환청도 들리지만, 마음을 "단단히" 여미어야 한다. 마음이 듣는 소리들은 모두 기억의 명징한 이미지들을 뿜어내며 온몸을 돌고 있다.

걸으면서 그는 공원의 가장자리에서 흘러나오는, 뜨겁게 끓어오르고 있는 한 무리의 빛을 발견한다. 그늘이 좁아든 자리에 햇살이 시퍼렇게 빛나고 있다. 활어의 지느러미처럼 굳고 단단하며 날카롭다. 시인은 잠시 걸음을 멈추고 그 자리를 지켜보기 시작한다. 자세히 보면, 간결한 사물들이 그 자리에 드문드문 앉아있는데 햇살이 닿을 때마다 끓는 물처럼 급하고 창백해진다. 온기가 집중되고 높이 솟았다가 점점 식어간다. 오후로 기울어지는 시간에 소매가 짧은 아이들이 뛰어다니고 공원 가장자리에 모였다가 제각각 사라진다. 서둘러 떠나는 손님처럼 허공을 가르며 새가 날아가고 새의 울음은 멀리까지 펼쳐진다.

그 '울음' 곁에서 그는 "흔들리며 만들어내는 피의 꽃"을 본다. "먼 능선 너머 하늘이 젖어"오는 아찔한 비탈과 속도를 본다. 나는 누구의 이름일까, 혹은 "나는 나를 잡념만큼 묵힌 적이 있었"(「잡념」)는지 가만히 돌아보며 묻는다. 길은 끝없이 이어지고 시인은 혼자다. "길이란 길 아득히 멀어진 방/ 고요의 한 중심에서 비로소/ 작은 불꽃으로 일어서는 젖어가는"(「촛불」) 빛과 어둠의 경계에서 "아무도 몰래 여기저기 숨어서/ 피는 꽃들이/ 신발 끈을 매고 있"는 것이다. 그는 고독에 사로잡힌다. 완전히 혼자라는 사실로 인해 좀 더 무겁게 내려앉는다. 분홍 나비로 표상되는 기억들이 한꺼번에 날아오르기 시작한다.

「기억들」이 사물이 환상적으로 변이하는 과정의 문턱이라면, 반면 「한낮」은 '바라봄'의 깊이와 밀도, 무게와 강도强度가 압축적으로 나타나는 작품이다. '시선'의 문장만으로도 세계는 새롭게 그 모습을 드러낼 수 있다는 시인의 강한 의지의 표현이라는 것.

분홍 양말이 횡단로를 건너간다

무릎까지 올려 신고

하얀 선을 음표인 양 오르내리며 간다

아파트 정적에 찔린 시범 마을 하늘이

아무 생각 못 하는 사이

허리 굽은 분홍 나비 땡볕 속 뚫고 간다

하얗게 센 시간 머리에 이고

누가 흘리고 간 길을 춤추며 따라간다

길 끝에서 끝까지 왔다가 가고 갔다가 온다

철책선 눈 속에 빠져 죽은

육군 소위 막내아들 손을 잡고

이십 년 전 길을 날마다 가고 또 간다

할머니가 선명한 길을 내며 공원으로 들어간다

중앙공원 깊은 잠이 가늘게 갈라진다

길을 놓친 햇빛 한 가닥 파닥인다

―「한낮」 전문

시인이 서있는 곳은 횡단로 북쪽의, 오래된 상가 건물 앞이다. 가까운 능선에서 사격 소리가 들리거나 더 먼 중턱에서는 간간히 포탄 터지는 소리가 들린다. 시인은 사람들이 오고 가는 풍경에서 이상하리만치 쓸쓸한 정적을 느낀다. 장바구니를 든 여자들이 마트에서 나오고 있지만, 검은 도화지 같은 상가 그늘에 가려 불분명하다. 륙색을 맨 군인들이 시외버스 터미널에서 내리고 있다. 휴가차 고향에 내려갔다가 복귀하는 길이다. 담배를 문 상병과 병장들이 무료한 표정을 짓고 어두컴컴한 골목을 빠져나온다. 이와 대조적으로 귀퉁이가 군데군데 깨진 보도블록에 햇살은 선명하다.

그때, 시인은 군부대 주변의 무거운 이미지들을 모조리 돌려세우는, 아주 사소하고 강렬한 이미지 하나를 보게 된다. 격자를 빠져나오는 화사한 비단과도 같은 그것은 분홍 양말을 무릎까지 올려 신은 아이가 껑충거리며 횡단로를 건너가는 풍경이다. 그 아이는 희고 간결한 횡단로의 가로선을 피아노 건반을 두드리듯 오르내리고 있다. "아파트 정적에 찔린 시범 마을 하늘이/ 아무 생각 못 하는 사이" 그 아이는 "허리 굽은 분홍 나비"마냥 가볍게 펄럭거리며 땡볕을 뚫고 있는 것이다. 그런데 그 풍경이 심상치 않다. 시에서 표기된 '아이'가 "하얗게 센 시간 머리에 이고/ 누가 흘리고 간 길을 춤추며 따라간다"고 적시되고 있기 때문이다. 그는 그 풍경에서 "서쪽으로 서쪽으로 갔더니 동쪽이 나오고/ 또 서쪽이 나오고 또 동쪽이 나"(「메피스토펠레스의 입김」)오는, 이십 년이나 박제된 시간의 끝없는 반복을 보는 것이다.

다시 시인은 횡단로 북쪽에 서있다. 오래된 상가에서는 낮

익은 노랫가락이 흘러나오고, 태양은 가장 높은 곳에서 햇살을 뿌려댄다. 그는 분홍 양말을 무릎까지 올려 신고 횡단로를 건너오는 노파를 본다. 그녀는 피아노 건반을 두들기는 것처럼 경쾌하게 걷는다. 길 끝까지 갔다가 다시 돌아가기를 반복한다. 마치 춤을 추듯, 그러나 그녀의 걸음은 횡단로에 붙박여 있다.

시인은 그 기괴한 풍경에서 눈을 뗄 수 없다. 이십 년 전 막내아들을 잃은 노파의 사정을 헤아리기 때문에 더욱 그러하다. "철책선 눈 속에 빠져 죽은/ 육군 소위 막내아들 손을 잡고/ 이십 년 전 길을 날마다 가고 또" 가는 불가해한 절박함 말이다. 시인의 바라봄은 시간을 뛰어넘는다. 대상의 현존에만 국한되지 않고, 그 현존의 인과를 살피며 내면에 가득한 슬픔과 울음마저 바라보는 것이다. 정신이 든 노파가 "선명한 길을 내며 공원으로 들어"간다. 중앙공원 어딘가에 음각된 기억의 파편들이 여기저기서 튀어나오고, "길을 놓친 햇빛 한 가닥 파닥"이기 시작한다.

'바라봄'의 명징한 문장-이미지들

시인에게 '바라봄'이란 자신의 모든 감각에 선행하는 원-감각이자 상당히 매혹적이고 아름다운 문장이 산출되는 일종의 발전소와 같다. 그는 바라봄으로써 자신의 문장을 일으켜 세우고, 뿌리와 줄기를 뽑아내며, 종국에 '시'라는 이

파리와 꽃들의 집합을 만들어낸다. 그의 시는 '바라봄'을 표현하는 것만으로도 향기롭다. 잠시 그 명징한 문장–이미지들을 보자.

> 찻집을 나와 마른풀 서걱거리는 강둑에서 본
> 내가 피운 장작 연기
> 겨울 하늘 한 자락 녹이고 있다
>
> —「장작개비들」 부분

> 소유리에 어스름이 오면
> 묵은 얼굴들이 창호지에 흥건하다
> 북쪽에서 우는 밤새 소리가
> 방광을 가만히 건드린다
>
> —「가보지 못한 곳」 부분

「장작개비들」에서 시인이 "마른풀 서걱거리는 강둑에서 본" 것은 다름 아닌 "내가 피운 장작 연기"다. 그 연기는 황혼에 물든 서쪽 하늘을 깊게 파고들며 더 멀리 간다. 겨울이지만, 맹렬한 바람을 이겨내는 것은 시인 자신의 내력이 밀어내는 연기, 곧 시로 세계를 다시 읽고자 하는 욕망이다. "끊임없이 사라지고 생겨나는/ 떨림들이/ 없는 흔적들이 달"리고, "무한 침묵의 벌판이/ 길의 관절들을 조각조각 풀어놓는"(「밤에 보이는 길」) 이미지의 시원이다. "비 내리는 11월 장미 한 송이"(「이름 부르기」)라는 짧은 문장에서도 사태 전체를 이끌어내는 힘

이 그에게 있다. "북녘 하늘 보랏빛 입술이 어둠에 익사한
다/ 금기의 단맛들이 어깨를 늘어뜨리고 사라진다"(「밤새가 우
는 것」)는 서늘한 문장도 마찬가지. 여기서 우리는 "보랏빛 입
술"로 표현되는 "금기의 단맛"에 대한 강렬한 욕망과 의지를
읽을 수 있다.

　「가보지 못한 곳」은 간결하면서도 모호하고, 모호하면서도
선명하다. 가시적 세계와 비가시적 세계가 중층으로 복합된
건축물 같다. 시인은 저녁에 내린 어스름을 가만히 들여다보
면서, 밤이 수천 년을 감싸왔던 "묵은 얼굴"들을 읽는다. 얼
굴은 다양한 표정을 지으며 그들이 살아왔던 내력을 창호지
에 흥건히 적시는 것이다. 제목도 "가보지 못한 곳"이다. 그
렇기 때문에 오히려 이 시는 '가야 할 곳'으로 읽힌다.

　더 중요한 건, 그 얼굴들 하나하나를 살피면서, 시인 자
신의 얼굴에 새겨진 시간의 상흔을 짚어낸다는 것이다. 참
을 수 없는 오줌처럼, 그는 "북쪽에서 우는 밤새"를 쫓으며
그 '장소'를 하나씩 찾아간다. "노을이 내려앉아 정신없이 끈
적이는 들판"(「저녁 들판」)이나, "누가 토해 놓은 울음이/ 공
중에 갇혀있다/ 하늘에 혈관을 문신하는 나무/ 눈이 붉어진
다"(「단풍나무」), "가을 백일홍이 충혈된 눈을 뜬다// 수북이
떨어진 햇빛들 포개어 뒤채인다"(「백일홍」)는 문장들도 마찬
가지다. 그것은 시간의 상흔을 찾아가는 여정의 빛나는 순
간이기 때문이다.

　　길 건너 개망초 꽃들이

손바닥만 한 고요를 열고 있다

―「빗소리」 전문

철로 아래 막 터지는 코스모스 사이를

폴짝폴짝 뛰어넘는 시간늘이

와르르 자빠지고 있다

내부로 몇 발짝 들어왔을까

코스모스 빨간 꽃 하나가

방주方舟만큼 커 보인다

내가 가득히 들어앉았다

―「능선과 코스모스」 전문

대 바람 소리가 뺨을 쓸고 가면 나는 금세 잠들었다

내 숨소리는 대숲으로 퍼렇게 물들어 갔다

―「벽 속의 길」 부분

「빗소리」는 개망초 꽃들이 스스로를 여는 모습이, 마치 자신의 내면으로 한없이 가라앉는 수도승을 연상케 한다. 낙수를 온몸으로 받으며 스스로를 세계로 확대하는 개망초 꽃들의 치열한 움직임, 그러나 그것은 손바닥만 한 고요가 여는 살아있음의 장엄함에 다름 아니다.

「능선과 코스모스」는 '바라봄'과 '깨달음'이 중의적으로 교차한다. 시인은 늦은 여름, 철로 아래 눈송이처럼 흩날리는

"코스모스"를 바라본다. 그는 코스모스를 "폴짝폴짝 뛰어넘는 시간들"로 비유하면서, 꽃잎 하나하나에 묻은 시간의 개별 흔적들을 살핀다. 먼지 하나에도 우주가 담겨 있다는 법어法語마저 연상된다. 이 시의 속뜻은, 빨간 코스모스 한 잎이 "방주方舟만큼 커 보인다"는 문장에서 시작하고, 그 방주 속에 시인 자신이 가득히 들어앉았다고 고백하는 문장에서 절정을 이룬다. 코스모스와 우주, 그리고 우주를 가득 유영하는 시인의 '바라봄'은 "탄천 건너 달려온 길 멀리/ 은하계가 벌써 낯설다"(「귀가」)는 문장처럼 크고 맹렬하기만 하다.

「벽 속의 길」을 천천히 읽으면 입술에서 얇은 바람 소리가 느껴질 것이다. 대나무 숲을 훑고 가는 청아하고 서늘한 바람 소리 말이다. 그 소리를 들으며 잠들었을 때, 시인은 분명 자신의 숨결에서 대나무들이 휘어지며 서로 서걱서걱 비벼대는 소리를 들었을 것이다. 곧바로 그는 숨소리의 장력을 "대숲으로 퍼렇게 물들어 갔다"고 표현한다. 이것만큼 자신의 내면을 명징하게, 그리고 시각적으로 밝히는 문장은 없을 것이다.

저녁, 참 온순하게 스미는 사물들의 이야기

이정임 시인이 바라보는 곳에는 항상 숨겨진 이야기들이 있다. 그들의 이야기는 삶의 굴곡이자 문턱이었고, 고통과 불행, 그리고 어찌할 수 없는 울음들이다. 그만큼 핍진한 세계를, 시인은 바라봄으로써 우리를 연다. 화구火口로 들어가는 자신의 벌거벗은 몸을 보며 삶을 다시 쓰는 「유체이탈」이나 아버지의 무덤 앞에 자욱한 풀 비린내를 맡으며 죽음에도 "연초록 새순의 숨소리가 혀를 내밀고" 있음을 직감하는 「비린내 아버지」에도 시를 이끌어가는 생생한 이야기들이 있다.

　하지만 우리가 잊지 말아야 할 것은, 시인의 이야기가 항상 모순과 역설, 중첩으로 가득 차있다는 점이다. 우리의 생애 전체가 그러하듯, 그의 시도 분명한 이야기를 만들어냄으로써 삶을 더 치열하게 만든다.

　상가 떡집 할머니는 젊었을 때 을지로에서 식당을 했다. 얼룩 강아지를 기르다가 손님들 때문에 더는 기를 수가 없었다. 마침 안양에서 온 개장수에게 몇 푼 받고 팔았다. 강아지는 온몸이 묶인 채 차에 실려 갔다. 그런데 며칠 후 식당 문이 빼꼼히 열리더니 팔려 갔던 강아지가 들어왔다. 강아지 눈에서 눈물이 줄줄 흘렀다. 사나흘 안심시켜 데리고 있다가 다시 그 개장수를 불렀다. 이번에는 안 풀리게 단단히 묶으라고. 할머니는 그때 남편도 없이 어린 자식들하고 살아야 했단다.

　밖에는 가을비가 내리고 있었다. 참 온순하게 스미고 있었다. 멀리 능선 너머 어둠이 세상을 묶고 있는 것이 보였다. 풀리지 않게 단단히.

—「단단히」 전문

상가 떡집 할머니의 이야기다. 그녀가 젊었을 때 을지로 한 곳에서 허름한 식당을 했는데, 기르던 얼룩 강아지를 더 이상 기를 수 없게 되었다. 손님들의 사나운 눈치가 저 어린 것을 용납하지 못했기 때문이다. 그녀는 안양에서 온 개장수에게 몇 푼 안 되는 돈을 받고 강아지를 팔았다. 생명을 산 채로 사고파는 것에 죄책감이 없다면 그 또한 불행할 것이다. 그녀는 "온몸이 묶인 채 차에 실려" 가는 강아지를 볼 용기가 나지 않았다. 정을 끊는 것보다 생살을 잘라내는 것이 더 쉽다. 그러나 그녀는 모질게 마음을 먹고 다시 식당 일에 집중한다. 그런데 며칠 후, 얼룩 강아지가 문을 열고 들어오는 것이 아닌가. 귀신을 본 것처럼, 가슴이 철렁했다.

강아지는 꼬리를 치며 맴돈다. 버려졌다는 실망감은 전혀 없다. 검고 투명한 눈에는 눈물이 가득하지만, 오랜만에 주인을 만났다는 안도감과 기쁨의 울음이다. 그녀는 한 사나흘 안심시켜가며 데리고 있다가, 다시 개장수를 부른다. 개장수를 불러야 했던 이유는 "남편도 없이 어린 자식들하고 살아"가야 할 일이 막막했기 때문이다. 손님들 눈치가 점점 무거워지는 걸 감당할 수 없었기 때문이다. 개장수가 오고, 그녀는 말한다. "이번에는 안 풀리게 단단히 묶으"세요. 단단히, 절대 풀 수 없도록 단단히. 만일 이번에도 다시 돌아오면 그때는 이 생명을 거둘 수밖에 없다고.

가을비가 내린다. 낙수는 바닥에 "참 온순하게 스미고 있"다. 고개를 들어 멀리 본다. 아스라이 먼 곳에 능선이 완만하게 솟았고, 그 너머 어둠이 세상을 묶고 있다. 저 어둠도 다시는 풀 수 없게끔 세상을 단단히 묶어야 한다. 단단히 묶어야 생활을 더 조일 수 있다. 빠르게 타들어 가는 지푸라기처럼 뒤도 안 돌아보고 맹렬하게 살아야 한 목숨을 건질 수 있다. "없는 지느러미로/ 잘려 먹힌 꼬리로/ 어둠을 더 어둡게/ 쓰라린 곳 더 쓰라리게"(「물고기 암호」) 살아야 겨우 삶의 끝을 볼 수가 있다. 그렇게 살아야 한다. 그렇게 살아야만 "뜨거운 눈물이 빨갛게 얼어 굳도록/ 독하게 견"(「단풍」)딜 수 있는 것이다.

*

어느 날 밤 시인은, 대청에 앉아있는 아버지에게 묻는다. "아버지 하늘은 끝이 어디여/ 끝이 없는 것이 뭣이여"(「하늘의 끝」)라며, 목청을 세운다. 아버지는 별이 쏟아질 듯한 하늘만 바라보고, 딸은 아버지의 눈부신 눈동자를 바라본다. 아버지, 저 하늘에 끝이 있을까. 우리는 그 끝에 다가설 수 있을까. 도대체, 저 하늘은 무슨 심술을 부려 땅을 단단하게 동여매는 걸까. 강아지를 버려야 했던 젊은 아낙처럼 마음마저 모질어져야 그 끝에 닿을 수 있을까. 그러나 그 '끝'은 다시 처음으로 이어지고 삶은 지속된다. 아버지는 딸에게 나즉히 속삭인다: "보이지 않는 궤도를/ 소나무 별, 앞산 별, 비구름 별이 지나간다/ 네 이름을 붙들고 날마다 도는 길/ 밖으로 튕겨나가지 않는 것은/ 서로가 이름을 부르고 있기 때문이다"(「이름 부르기」)라고.

그러므로 강아지 이야기를 시로 옮겨 적어야 했던 마음은 끝내 먼 길을 돌아 강아지에게 닿았을 것이다. 분명 그러했을 것이다.

천년의시인선

0001 이재무 섣달 그믐

0002 김영현 겨울 바다

0003 배한봉 黑鳥

0004 김완하 길은 마을에 닿는다

0005 이재무 벌초

0006 노창선 섬

0007 박주택 꿈의 이동 건축

0008 문인수 홰치는 산

0009 김완하 어둠만이 빛을 지킨다

0010 상희구 숟가락

0011 최승헌 이 거리는 자주 정전이 된다

0012 김영산 冬至

0013 이우걸 나를 운반해온 시간의 발자국이여

0014 임성한 점 하나

0015 박재연 쾌락의 뒷면

0016 김옥진 무덤새

0017 김신용 부빈다는 것

0018 최장락 와이키키 브라더스

0019 허의행 O그램의 시

0020 정수자 허공 우물

0021 김남호 링 위의 돼지

0022 이해웅 반성 없는 시

0023 윤정구 쥐똥나무가 좋아졌다

0024 고철 고의적 구경

0025 장시우 섬강에서

0026 윤장규 언덕

0027 설태수 소리의 탑

0028 이시하 나쁜 시집

0029 이상복 허무의 집

0030 김민휴 구리종이 있는 학교

0031 최재영 루파나레라

0032 이종문 정말 꿈틀, 하지 뭐니

0033 구희문 얼굴

0034 박노정 눈물 공양

0035 서상만 그림자를 태우다

0036 이석구 커다란 잎

0037 목영해 작고 하찮은 것에 대하여

0038 한길수 붉은 흉터가 있던 낙타의 생애처럼

0039 강현덕 안개는 그 상점 안에서 흘러나왔다

0040 손한옥 직설적, 아주 직설적인

0041 박소영 나날의 그물을 꿰매다

0042 차수경 물의 뿌리

0043 정국희 신발 뒷굽을 자르다

0044 임성한 이슬방울 사랑

0045 하명환 신新 브레인스토밍

0046 정태일 딴못

0047 강현국 달은 새벽 두 시의 감나무를 데리고

0048 석벽송 발원

0049 김환식 천년의 감옥

0050 김미옥 북쪽 강에서의 이별

0051 박상돈 꼴찌가 되자

0052 김미희 눈물을 수선하다

0053 석연경 독수리의 날들

0054 윤순영 겨울 낮잠

0055 박천순 달의 해변을 펼치다

0056 배수룡 새벽길 따라

0057 박애경 다시 곁에서

0058 김점복 걱정의 배후

0059 김란희 아름다운 명화

0060 백혜옥 노을의 시간

0061 강현주 붉은 아가미

0062 김수목 슬픔계량사전

0063 이돈배 카오스의 나침반

0064 송태한 퍼즐 맞추기

0065 김현주 저녁쌀 씻어 안칠 때

0066 금별뫼 바람의 자물쇠

0067 한명희 마른나무는 저기압에가깝다

0068 정관웅 바다색이 넘실거리는 길을 따라가면

0069 황선미 사람에게 배우다

0070 서성림 노을빛이 물든 강물

0071 유문식 쓸쓸한 설렘

0072 오광석 이계견문록

0073 김용권 무척

0074 구회남 네바강의 노래

0075 **박이현** 비밀 하나가 생겨났는데

0076 **서수자** 아주 낮은 소리

0077 **이영선** 도시의 풍로초

0078 **송달호** 기도하듯 속삭이듯

0079 **남정화** 미안하다, 마음아

0080 **김젬마** 길섶에 잠들고 싶다

0081 **정와연** 네팔상회

0082 **김서희** 뜬금없이

0083 **장병천** 불빛을 쏘다

0084 **강애나** 밤 별 마중

0085 **김시림** 물갈퀴가 돋아난

0086 **정찬교** 과달키비르강I 강물처럼

0087 **안성길** 민들팽이의 노래

0088 **김슢** 간이 웃는다

0089 **최동희** 풀밭의 철학

0090 **서미숙** 적도의 노래

0091 **김진엽** 꽃보다 먼저 꽃 속에

0092 **김정경** 골목의 날씨

0093 **김연화** 초록 나비

0094 **이정임** 섬광으로 지은 집